A vestida

contos

Eliana Alves Cruz

A vestida
contos

Todos os direitos desta edição reservados à
Malê Editora e Produtora Cultural Ltda.
Direção: Francisco Jorge & Vagner Amaro

A vestida
ISBN: 978-65-87746-28-9
Edição: Vagner Amaro
Assistente de edição: Marlon Souza
Capa: Dandarra de Santana
Diagramação: Maristela Meneghetti
Revisão: Viviane Marques

Texto revisado segundo o novo Acordo Ortográfico da Língua Portuguesa.
Proibida a reprodução, no todo, ou em parte, através de quaisquer meios.

Dados internacionais de catalogação na publicação (CIP)
Vagner Amaro – Bibliotecário - CRB-7/5224

C957v   Cruz, Eliana Alves
         A vestida: contos / Eliana Alves Cruz. – Rio de Janeiro: Malê, 2022.
     116 p.; 22 cm.
     ISBN 978-65-87746-28-9

     1.Conto brasileiro I. Título

                                      CDD – B869.301

Índice para catálogo sistemático: Conto: Literatura brasileira. B869.301

2022
Editora Malê
Rua Acre, 83, sala 202, Centro - Rio de Janeiro / RJ
www.editoramale.com.br
contato@editoramale.com.br

Sumário

Cidade espelho 7
Noite sem lua 13
Oitenta e Oito 21
Não passarão 29
O ferro, a bruma e o tempo 37
Peito de ferro 47
Vândalo 61
A formatura 67
Cruzeiro Buenos Aires 73
Suéter grená 79
Brilhante 83
A copa frondosa da árvore 87
A passagem 93
A vestida 101
Amnésia 107

Cidade espelho

O país de Justiçópolis era o mais próspero do continente. Uma nação onde, se plantando, tudo dava e nela Espelho era a mais bela cidade. Metrópole reluzente refletindo o brilho alvo e limpo da terra de alvos e limpos humanos que tudo venciam, tudo sabiam, tudo comiam, tudo bebiam, tudo produziam e consumiam. Espelho era a joia de Justiçópolis, na qual jovens sábios e valentes juízes eram as máximas autoridades que tratavam de expurgar, segundo seus próprios critérios, quem achassem que pudesse macular a sociedade que evoluía de acordo com os padrões de perfeição idealizados por seus pais fundadores na segunda década do século 21.

Narciso era um cidadão de bem de Espelho. Sempre fora o orgulho da família e seguia seu caminho de sucessos sucessivos, frutos de seu esforço herdado. Naquele dia, notou que acordara diferente. Tinha um pequeno buraco no meio do peito, mas não doía. Iria ao médico na primeira chance. Entrou em seu carro último tipo. Os vidros fumês refletiam seu sapato brilhante e sua camisa branca engomada. Ele de nada precisava além de desfrutar da abundância construída sabia ele lá por quem. Seguiu seu rumo trabalhando, caminhando, desfrutando e escondendo... Ocultava aquele incômodo buraco no tórax. Um buraco no peito que a camisa de linho não deixava aparecer.

    Tudo aconteceu num relance, na esquina mais florida e higienizada de Espelho. Foi ali, na virada que daria para a gigante estátua, símbolo da liberdade e da prosperidade reinante, que Narciso viu a pequena figura que se esgueirava, preocupada em ocultar-se na densa noite. Nunca vira nada igual. Uma criança sozinha perambulando pela rua? Estancou o carro e por um segundo teve dúvida, mas algo mais que curiosidade o empurrou para fora do carro e quando deu por si já estava na parte traseira da base do grande monumento. Como nunca reparara que ali havia uma escadaria funda que descia para o interior da terra? Ele não conseguia enxergar o fim, mas uma luz pequena que se movia rápido lhe indicava que era a criança que vira na rua.

"Dane-se o medo!", pensou. Narciso mergulhou pelos degraus que pareciam não ter fim e depois de muito tempo parou estupefato, pois abaixo de Espelho estava outra cidade maior, porém em ruínas. Tudo o que havia em cima tinha um correspondente, aos seus olhos, decadente na parte de baixo. Até os canteiros tinham as mesmas flores, porém murchas. Uma multidão enchia as ruas, mas não conseguia definir seus rostos. Arrancou uma das plantas secas no jardim abandonado para se convencer de que não estava em um pesadelo. A folha seca cortou sua mão. Era real. Viu a sujeira, o farrapo, a dor e o pranto. Viu a fome e a fraqueza. Não viu sorrisos. Não viu cristais. No meio daquele caos por ele encontrado apenas em livros, a criança o olhava fixamente. Era o único rosto que podia distinguir o contorno. Uma pele negra como jamais vira. O ar se tornou de tal forma opressivo que precisou subir o mais rápido possível.

 Correu para o carro ainda com a folha seca e com espinhos apertada entre os dedos. Acelerou o mais que pôde. Entrou no shopping perfumado, nas lojas enfeitadas por vendedoras de sorrisos que pareciam feitos de balas esbranquiçadas de menta, nos cafés caros. Comprou tudo o que foi capaz com seu cartão ilimitado. "Foi tudo alucinação", imaginou. Afinal, a noitada anterior tinha sido memorável! No entanto, incomodado, notou que também não conseguia distinguir os rostos de ninguém.

Narciso seguiu sua vida esforçando-se para não pensar. Fazendo de tudo para esquecer. Prosseguiu com seus planos de também ser um juiz de Justiçópolis; um poder entre os poderosos; uma força entre os fortes; um furacão entre os ventos brabos. Todavia, continuava com o buraco no peito e não conseguia tapá-lo, por mais que tentasse. Apenas podia disfarçá-lo muitíssimo bem. Não iria ao médico. O que pensaria o doutor diante daquele sinal de imperfeição?

A escadaria... sonhava com ela cada vez com maior frequência. Acordava sobressaltado no meio das madrugadas ao lado da esposa, da amante um, da amante dois ou da três e lá estava ela, a escada que descia e o buraco no tórax aumentado. Abraçava o corpo ao seu lado e foi com horror que, pela primeira vez, viu que também possuía um buraco entre os seios. O que preencheria aquele vazio?

Certa noite, levantou-se brusco e não se importou com a chuva. Saiu correndo no temporal pelas ruas solitárias de prédios envidraçados. Sentia-se ébrio. Viu outra vez a pequena figura de rosto escuro e olhos brilhantes que o atraiu para o outro lado da cidade de Espelho. Ela parou na mesma esquina de jardim bem cuidado e ele reparou que a planta que arrancara no interior da terra era a mesma que agora crescia frondosa e de forma descomunal no jardim da superfície. Tudo o que prosperava em cima, arruinava-se embaixo.

    Não podia suportar. O buraco agora sangrava no peito, mas os espelhos dos prédios eram como lagos e ele, embevecido, estancou diante de si mesmo. Maravilhou-se com o poder que sua bela figura emanava. Cerrou os olhos e lembrou de toda fama e dinheiro que amealhara, de todos os bens que reunira, de todos os seus belos discursos e das belíssimas mulheres que tivera como mais uma conquista justa do país de Justiçópolis. Estes pensamentos aqueceram de tal maneira sua alma congelada pela chuva que correu a toda carreira para abraçar a si mesmo. Com toda força, mergulhou na imagem refletida. Estilhaçou-se em mil pedaços com os cacos do vidro da cidade Espelho, com as farpas da Ego City.

Noite sem lua

Marilene olhava o prato como se soubesse que seu conteúdo estava envenenado. Não conseguia erguer a colher para tragar a cheirosa sopa de feijão com macarrão. Uma comida simples, mas que adorava desde muito pequena, pois sua mãe sabia temperar de um jeito que o perfume saía pelas portas e janelas para seduzir toda a vizinhança. Olhos vidrados nos grãos, na massa e no escuro, muito escuro, caldo. Talheres imóveis pousados na mesa. Em seus ouvidos, apenas as vozes das colegas de escola.

"Você tem que dar um jeito nisso. Sabe como a Ludi fez pra clarear?"

Não, ela não sabia quais os recursos que a Ludi, negra com um tom de pele bem mais claro que o dela, utilizara para ser "menos preta". A Ludi tinha a "pele de doce de leite" e era bonita, diziam. Já ela, Marilene, não era bonita, era muito feia, tinha a "pele de carvão" e apontavam... e riam. A solução para ficar bonita como a Ludi parecia fácil.

"A Ludi parou de comer tudo o que é preto. Café? Não. Chocolate? Nem pensar! Passa? Isso é ruim de qualquer jeito. Ameixa? Só vermelha. E feijão não pode nem encostar."

Já estava com quase onze anos e era hora de dar um jeito naquela situação ou seria tarde demais. Na tarde do dia anterior, por exemplo, ela e as amigas resolveram parar em banca de revistas. Estavam ansiosas por aquela que trazia um pôster da banda preferida do grupo todo. As amigas estavam se divertindo folheando várias edições, mas ela não conseguia se mover. O olhar aflito passeando de uma capa para outra buscando algo, buscando alguém... como ela. Marilene saiu da banca com as colegas de escola cada vez mais convicta de que precisava recorrer a qualquer medida para mudar. Sentia-se como o fantoche de brinquedo de sua irmã mais nova. Tinha um corpo, mas não era ela quem o manejava. Não o queria.

---&&&---

As refeições se transformaram em momentos de tensão e drama. A mãe não tinha paciência. Trabalhava duro para que nunca faltasse nada na mesa dos filhos. A fome — pensava dona Ana — era a única tristeza que doía em outra parte do corpo que não era o coração. Tudo o que não poderia suportar era ver os filhos sentindo essa chaga que faz o corpo dobrar ao meio, deixava pessoas muito parecidas com bichos e que ela conhecia muito bem, de um passado que fazia tudo para esquecer. Aquela escola cara, imaginava, era o passaporte para um futuro mais fácil para eles.

"Come tudo agora! Que bobagem é essa, Marilene? Enlouqueceu? Isso é pecado! Sabia que desperdiçar comida é pecado grave e que Deus está vendo?"

Ainda tinha isso. Sua mãe e a mania de pôr Deus em tudo. Ele, esse Deus do qual ela tanto falava, só abria o olho para vigiar e punir na hora do desperdício de comida e de coisas que ela considerava pequenas e bobas. Não lhe mostrava o rosto na escola, nas discussões com as amigas. Nunca desceu de seu altar para lhe enxugar uma única lágrima das que derramava escondida no banheiro. Deus não lhe arrumou um par naquela festa junina em que ninguém queria dançar com ela. Por que não lhe dera outra aparência, esse Deus que diziam que tanto a amava? Pensava tudo isso nua, em frente ao espelho que, àquela hora, poderia ser muito bem um pedaço do céu e ela um recorte humano daquela noite sem lua.

Cansada de lutar com a mãe, Marilene acabava comendo. No entanto, nem bem a mulher virava as costas, corria para o banheiro para vomitar. Olhava para todas as mulheres de sua família numerosa... não queria ser como elas. Não via uma única vantagem em ser como elas. Emagrecia. A mãe foi à escola.

"Imagine, dona Ana! Isso é coisa de criança. Não dê importância. Já, já passa. A adolescência está chegando e essas crises são normais. A senhora perguntou a ela o porquê de tudo isso?... Sei... sei... Mas esta é outra bobagem. Isso não existe em nossa escola. Isso não existe no Brasil! Todos somos iguais... hmm... a senhora "exige"? Tudo bem. Vou chamar as meninas para uma conversa."

Não chamou.

---&&&---

A decisão foi tomada quando trancou a porta de casa atrás de si e se viu só. Fechou os olhos pensando na hora do recreio daquele dia, quando abriu sua bolsa para pegar o lanche e lá estava o papel escrito com caneta vermelha: "Seu lugar não é aqui!". O recreio era um momento que lembrava muito aqueles filmes antigos que assistia com o avô, onde leões lutavam com humanos em uma arena. No momento em que tomou coragem só pensou em silenciar todas aquelas vozes que vinham a sua mente quando a mãe colocava o prato na mesa, quando parava na porta com os cabelos muito bem presos e os livros e cadernos ordenados na mochila, quando pisava no pátio comprido e cheio de crianças uniformizadas. Ela vestia o mesmo que todos, mas sentia-se nua. Despida das roupas, mas coberta pela "pele da escuridão".

As amigas que ela supunha serem as melhores, alunos de outras turmas, de outras escolas, gente que ela nunca vira, o menino que ela gostava... todos tinham algo a dizer sobre sua nova foto no perfil da rede social. E não era agradável. Marilene minguava. Nada de chocolate, nada de café, nada de passa, nada de ameixa, nada de feijão. Nada de preto! Ir à escola não queria. Escondia-se. Não se animava em sair à rua. Apenas desejava ardentemente sair da vida... Tentaria alguma medida. E tentou.

Fechou os olhos e engoliu os comprimidos de uma caixa que estava na gaveta do banheiro. Lentamente foi mergulhando num oceano profundo. Abriu os olhos. Tentava em vão subir para a superfície. Uma pedra pesada a puxava cada vez mais para baixo. Descendo, descendo, descendo...

---&&&---

Acordou com o desespero do afogado que consegue finalmente o ar. Deu de cara com os olhos úmidos e vermelhos de dona Ana. Em alguns momentos durante aqueles dias no hospital as lágrimas de sua mãe eram poucas, quase nada. Em outros abundantes, um mar de espumas brancas. Mas elas estavam sempre lá, salgadas e silenciosas.

Reparou, primeiramente curiosa e depois fascinada, que naqueles dias a mãe não mais falava em Deus; parecia ter engolido os seus sermões para deixar aquele Ser que ela considerava sagrado sair em cada cuidado, em cada sorriso que se obrigava a dar escondendo a preocupação. Aquela mudez falada revelava apenas uma ponta da grande pedra de solidão que estava submersa na alma de dona Ana. Trabalhar, lavar, cozinhar, criar três filhos... Marilene reparou que a mãe não queria ser a heroína do desenho animado que ela via em sua imagem.

A porta do quarto se abriu para deixar passar um perfume muito conhecido: sopa de feijão com macarrão. Ambas olharam para o prato. Dona Ana aguardou, sempre muda. A menina segurou trêmula a colher e comeu todo o prato fundo, raspando-o com um pedaço de pão.

Quando levantou e se olhou nua no espelho, seguia vendo um recorte do céu à noite, mas lembrou-se de que esta era a hora do dia que mais gostava. Enxergou estrelas e uma lua ocultas pelo manto aveludado. Sentiu o silêncio e uma brisa fresca e perfumada por flores que só se revelam quando o céu escurece. Reparou que tinha um tom levemente azulado e algumas partes arroxeadas, como fruta doce. Viu um mistério em cada contorno. Sorriu pelo milagre de estar viva para se olhar outra vez no espelho.

A porta de vidro do hospital se abriu. Segurou firme a mão da mãe e lhe sentiu as palmas quentes. Saíram com passos firmes em direção à rua. O céu estava revestido com toda a beleza e aquele profundo mistério das noites sem lua.

Oitenta e Oito

O grupo estava reunido há horas e sem chegar a uma conclusão. Um burburinho percorria o ambiente e vez por outra uma voz queria dominar e fechar a questão. A doutora Josefina, mãos postas sob o queixo e olhar cansado, parecia alheia a tudo aquilo. Estava em qualquer outro lugar, menos em uma sala do IPS – Instituto de Pesquisas dos Sentimentos. Deixou o debate acontecer por um bom tempo sem interferir. Até aquele momento, em que lentamente se levantou e, com sua figura pétrea de olhos cerrados, impôs o silêncio e tomou a palavra.

— Mil anos passaram... Mil anos! Estamos neste esforço eterno de empatia e ainda não conseguimos de forma totalmente eficiente. Esta reunião é a prova inequívoca disto.

As palavras da pesquisadora-chefe tiveram força de açoite no grupo formado pelas melhores cabeças que estudavam o tema em três planetas. Alguns não estavam presentes em corpo e este fato, ao invés de amenizar, por vezes acirrava o debate, pois o sentimento de intangibilidade dava uma coragem que o olhar do oponente por vezes suprimia.

— Observem a vocês mesmos. Estão comportando-se como aqueles homens primitivos do século 21, em que a bravura se apresentava apenas na virulência das palavras digitadas nos teclados de seus velhos computadores ou dispositivos.

A comparação constrangeu o grupo de respeitados cientistas, mas eles não conseguiram rebater a chefe que, aliás, por isso mesmo ocupava esta função: por seu profundo senso de observação e análise acurada, para além de toda a sua capacidade técnica.

Josefina fora uma das pioneiras nas chamadas "Experiências de Vivência". Viagens no tempo para ver *in loco* acontecimentos históricos e observar como alguns fatos realmente ocorreram. Nessas jornadas, viam os acontecimentos como num filme, mas estavam lá, invisíveis na cena. Tinham um tempo determinado para permanecer e regras de conduta rígidas comandadas por um código de ética severo. Anos de treinamento eram necessários para integrar uma expedição. Ela era a encarregada de fazer a análise psicológica dos personagens envolvidos, mas agora a proposta havia se radicalizado.

A doutora prosseguiu como numa preleção de general para a tropa antes da batalha.

— Seremos o primeiro grupo a levar as Experiências de Vivência a um nível nunca antes experimentado. Seremos o primeiro grupo a vestir a pele.

E neste ponto fez uma pausa dramática, para deixar que suas palavras surtissem efeito.

— Quando retornarmos da nossa missão, traremos na bagagem, com toda a plenitude, o que nos falta: o tesouro dos mistérios da empatia. Agora é chegado o momento derradeiro. Quem de vocês prossegue? Se acharem que devem, o tempo de desistir chegou.

O professor Tomás, que estava inquieto desde o início, levantou-se abruptamente, falando com rispidez.

— Eu desisto. Não vejo sentido em voltarmos ao

sofrimento. Não vejo como poderemos ajudar gerações futuras ou mesmo planetas e nações que ainda sofrem hoje o flagelo da escravidão apenas por "vestir a pele" dos que vivenciaram isto em passado tão remoto. Já possuímos informação suficiente para auxiliar nesta luta sem precisar passar por algo assim. A dor precisa ser sublimada e não revivida. Vocês todos são loucos de voltar por este caminho! O que provaremos com isso? Após intensa reflexão, vi que não compactuo com esta ideia. Desisto de forma irremediável.

Outros três mestres se levantaram com Tomás. A doutora Josefina atalhou:

— Desistência aceita. Você está certo.

A assistência de pesquisadores não entendeu nada. Depois de tanto tempo de trabalho e estudos, como ela poderia dar razão a Tomás? — pensavam alguns. Mas ela prosseguiu.

— A máquina Oitenta e Oito está pronta. Sugeri este nome para batizá-la numa menção ao ano de 1888 no planeta Terra, no Brasil, visto que se completam exatos mil anos daquela data. Não preciso dizer a uma plateia de doutores o que ela significou. Pois bem, Tomás, digo que você está correto porque nem eu e muito menos seus colegas queremos outra vez a dor. Isso é insanidade. Quando eu e eles entrarmos naquela máquina, o que vamos sentir é exatamente a mesma coisa que sentiu Francisco José do Nascimento, o Dragão do Mar, no momento exato em que pela primeira vez desistiu de transportar um escravo em sua jangada, em 1881. Que sorte de sinapses fez seu cérebro? Que emoções saíram de sua mente para o peito e vice-versa no momento em que liderou a greve de jangadeiros contra a escravidão? Há muito tempo não temos em nossa sociedade nada semelhante. Não sabemos mais sentir... e muito menos contagiar com esse fogo por liberdade! Precisamos ser irremediavelmente contaminados pela coragem do engenheiro negro André Rebouças, por exemplo, ao dizer, em uma sociedade de senhores de terra, que o acesso do escravizado à terra era libertação; e ser profundamente contaminados pelo mesmo ímpeto que fez o advogado Luiz Gama se debruçar sobre leis e livrar quinhentas pessoas do cativeiro; ou ainda influenciados por José do Patrocínio, a soltar suas contundentes palavras na *Gazeta da Tarde*. A máquina Oitenta e Oito vai nos fazer voar nas asas do tempo e nos colocar no pulsar do coração de Zumbi dos Palmares. Ela nos porá na ponta da lança de Dandara. Sim, amigos! Nossas experiências de vivência já provaram que existiram de fato, pois restavam dúvidas. Agora precisamos de mais! Precisamos vibrar junto com eles verdadeiramente e não com a frieza distante das pesquisas. Vamos pisar também as pedras e os caminhos de alguns anônimos em séculos passados que foram contagiados por este 'vírus' do desejo de mudanças e agiram de forma absolutamente decisiva. Queremos – ora bolas! – descobrir os segredos da empatia.

 A doutora Josefina bebeu um gole de água. Todos estavam um tanto surpresos com o viés do trabalho. Ela prosseguiu.

 — Sei que você, Tomás, e muitos aqui estavam se

preparando para sofrer e extrair da dor o que nos move em direção ao outro, mas nossa proposta não é esta. Vamos entrar na pele dos que foram empáticos o suficiente para sair da inércia. Não detalhei antes porque precisávamos dos que tivessem a coragem suficiente para, se for necessário, sentir dor, pois, segundo tudo o que já sabemos, este é o primeiro requisito da empatia: a bravura em vestir a angústia do outro.

Finalmente, depois de décadas de preparação estavam prontos. Sob o olhar desconcertado de Tomás e seu grupo de desistentes, os que optaram por prosseguir sentaram-se ao redor da máquina, um poliedro com cronômetros e uma tela com imagens dos personagens que seriam estudados. Cada um ajustou o cronômetro para um momento da história e para um personagem. Deram-se as mãos. Esse toque de mãos era necessário, pois todos os pesquisados partilhavam, cada um ao seu modo, do mesmo sentimento de amor pelo ser humano.

Antes da partida, porém, o doutor Natanael, especialista em religiões, após observar tudo calado, disse ao grupo dissidente:

— Tomás, nunca se esqueça: Exu matou um pássaro ontem com a pedra que atirou hoje.

E, impulsionados pelo coração que era a máquina Oitenta e Oito, estavam prontos para navegar na corrente sanguínea do tempo.

Não passarão

O professor Flávio perdera a noção do tempo que permaneceu sentando naquele sofá. A casa ruía ao redor enquanto o mundo fluía para dentro da sala pequena em ruídos abafados pelas frestas das janelas cerradas. Buzinas, motores de veículos, poluição, vozes e um sol escaldante que só se faziam presentes no ambiente em seus reflexos... Assim como, o espanto de uma vida inteira se refletia no espelho grande pendurado, que ficava em cima do móvel encostado na parede oposta ao assento, onde, agora, passava os seus dias.

Ele não enxergava os cabelos desgrenhados, os dentes amarelados e a poeira se acumulando na superfície dos móveis, que se misturavam e contavam sobre diversas fases de sua vida. O espelho era a herança vinda diretamente da casa dos pais. Herança de um passado de classe média baixa, quando criaram o único filho com esmero e dedicação, investindo em bons colégios e numa formação que incluía curso de dois idiomas e de flauta transversa, apesar dos muitos sacrifícios para chegar ao fim do mês com as básicas contas em dia e dos olhares da vizinhança mais atravessados que sua flauta, expulsando-os sem dizer palavra.

Na tela de suas memórias ainda podia ver o orgulho nos olhos da mãe e do pai quando chegou à casa com o jornal e o resultado positivo para o ingresso no curso de matemática numa universidade pública. Vibraram juntos por aquela conquista e comemoraram com bife à milanesa, arroz, feijão e salada. Um dos seus pratos favoritos na juventude. O pai, cabeça baixa na mesa, tentava não chorar baixinho. Ele, um operário, teria um filho na universidade. A mãe, ao contrário, explodia felicidade e atirou-se com afinco no preparo do almoço comemorativo.

O pai não sabia a quem o filho tinha puxado com aquela mania de protestar. Flávio havia saído às ruas para gritar por "Diretas já!" e era um rosto conhecido em tudo o que pudesse ser contra a ordem vigente. Era um rapaz engajado, desperto, consciente. O pai não o reprimia. "Coisas da juventude", repetia para si mesmo, mas ficara bastante aliviado por ter escolhido um curso que, no entender dele, afastava o filho de certas companhias "perigosas". Já estavam no final dos anos 80 e a ditadura cedia lugar a uma nova Constituição, a "Constituição Cidadã", mas... "Eles nada sofrerão, eles sempre passarão", dizia preocupado enquanto a esposa rodopiava com o filho pela casa, feliz com o primeiro universitário da família e repetindo "Não, homem, é o contrário!".

Flávio cerrava os olhos tentando lembrar a cor dos olhos da mãe. Lera esta frase num poema tão lindo, um poema de Conceição Evaristo... e era verdade. Não conseguia lembrar. Achava graça quando os colegas o chamavam de "matemático poeta". E desde quando uma pessoa é uma coisa só? Pensava e respondia, entre risos, "matemática é pura poesia!".

Conhecera Dora entre essas demandas, em meio a essas lutas, entre cadernos, aulas e planos. O móvel abaixo do espelho fora escolhido por ela assim que alugaram o apartamento. Flávio esboçou um sorriso quando lembrou que tinham apenas aquele armário, um fogão, uma geladeira pequena e um colchão quando começaram a vida. A cama onde ele se sentava e tocava Pixinguinha para ela depois de acariciar-lhe os cabelos crespos e fazerem amor com o ímpeto de uma juventude que dia a dia cedia lugar a uma meia-idade repleta de provas para corrigir, uma matrícula no Estado e outros dois empregos em escolas Particulares. Sentiam-se culpados pelo adiamento da realização do desejo por um filho, das férias no Nordeste, da compra daquele carro.

Por mais que se esforçasse, ela não conseguia entender como alguém podia ser tão desprovido de ambição. Não entendia como o marido não se preparava para, quem sabe, ser dono de seu próprio curso preparatório ou talvez um acadêmico famoso e conceituado fora do país. Nas discussões intermináveis, ele argumentava que educação era agora um valor para o país e que o pior havia ficado no passado, ela repetia uma frase que lhe soava conhecida: "Não se iluda. Quem tem poder nunca será derrotado, sempre passará adiante!". Foi quando ele percebeu que sua flauta há muito não tocava Pixinguinha.

O dia em que Dora resolveu partir não foi o mais doído de sua vida. Ele, no fundo, sentia certo alívio que ela tivesse tomado a iniciativa, livrando-o da responsabilidade de ter que decidir pelos dois. Partilharam algumas coisas acumuladas ao longo dos anos. Sofreu um pouco, chorou um pouco, se angustiou um pouco, mas provas, reuniões, cinco ônibus e dois metrôs diários para se deslocar e olhar o Alzheimer do pai que evoluía soterraram sua vontade constante de chorar. A mãe já havia morrido há alguns anos.

    Embora o dia da morte do pai tenha parecido, naquele momento, o mais dolorido de sua existência, também não fora. Seu Alfredo partira esquecido do mundo e de si, carregando consigo a doença e também todos os bens que poderia ter legado ao filho, tragados pelos custos do tratamento e dos salários de cuidadores para que Flávio pudesse ao menos se ausentar para trabalhar. Derramou algumas lágrimas de saudades, mas elas também vieram trazendo certa sensação de leveza por não mais necessitar ver cotidianamente apenas a sombra da pessoa que um dia fora seu pai.

    Tudo ele havia suportado... tudo. Só não conseguia carregar as dores lancinantes produzidas pela falta do combustível que guardava no lugar mais profundo, um canto qualquer de difícil acesso onde ardia uma fagulha. O primeiro jato no fogo que o animava veio da adrenalina das horas em que passou com os alunos no corredor da escola, enquanto balas traçavam o ar do lado de fora; também viriam do gelo com gosto do sangue do aluno que desaparecera há dias e que ele só retornaria a ver numa imagem sem filtro no grupo de WhatsApp da escola, morto após operação policial. Não há como manter o coração quente com o frio glacial das equações básicas que não conseguia solucionar. A criança que poderia ser seu filho, observando seus fios de contas por baixo da camisa, lhe disse que não queria mais frequentar suas aulas, pois ele era filho do demônio. O dedo pequeno lhe apontando uma arma, puxando o gatilho, dilacerando o seu peito.

Chegou ao apartamento exausto, arrastando-se. Sentou no velho sofá, pegou uma cerveja, ligou a TV e deixou-se mergulhar para o lugar nenhum do cansaço e da desistência, enquanto a televisão exibia sem parar as imagens daquela mulher jovem assassinada junto com seu motorista. Uma vereadora cujo sorriso na urna eletrônica o fez apertar a tecla "Confirma" também sorrindo. A bala imaginária e a bala real apagaram de vez a fogueira e lhe trouxeram o silêncio... o silêncio do futuro.

Decidido a não conviver com o horror que combatera ao longo de uma vida, Flávio cerrou as cortinas. Estava resoluto em desaparecer sem alarde, devagar e sem prévio aviso. Não sabe precisar quanto tempo ficou na escuridão, mas não viu quando os próprios alunos marcharam pelo direito de estudar. Não acompanhou os professores em tribunas, ruas e redes sociais levantando vozes. Não observou quando expulsaram quem tentava invadir a escola para vigiar e punir. Não viu quando se deram as mãos.

Ele apenas sabe que os rostos conhecidos foram tomando forma lentamente. Não se lembrava de quando os colegas, após darem falta dele por muitos dias, decidiram invadir seu apartamento e o encontraram desacordado, com um fio de respiração. Não estava mais no sofá, mas em uma cama. No embaço da visão, enxergou a face de Dora, que esperou que estivesse totalmente desperto para lhe dizer: "Eu errei. Realmente é o contrário. Eles virão, mas como estaremos firmes formando a muralha, não passarão". Estendeu-lhe a flauta. "Toca Pixinguinha?"

O ferro, a bruma e o tempo

Antes que a criança finalmente nascesse, seu pai, o ferreiro Enitan, fez oferendas a Ilẹ̀, a senhora da Terra. O futuro o preocupava enormemente, pois achava que estavam em tempos semelhantes aos do princípio de tudo: mergulhados no caos. Ele pedia, com devoção e humildade, que o novo ser, dando cambalhotas na barriga de sua mulher e que agora dava os primeiros sinais de querer vir para a luz do sol deste mundo, ajudasse a trazer prosperidade e paz para aquele solo banhado de medo e sangue. Pensava nos homens que estavam desaparecendo às centenas em todos os povoados e nas tantas mães, irmãs, esposas e filhas que agora estavam sós... Elas também sumiam, mas eles em muito maior número. Ser homem e jovem naqueles tempos era correr o risco de não mais existir.

Enquanto ele se concentrava em seus pensamentos, rogativas e rituais sagrados, a jovem Dayo, ajudada pela experiente Folásadé, se esforçava para trazer ao mundo mais um membro do clã. Folá, como a famosa parteira era carinhosamente chamada, massageou as costas, os seios e a barriga da jovem Dayo com manteiga e conversava calmamente com ela, dizendo que seria uma excelente mãe, que seu filho a respeitaria e seria seu orgulho.

— Como sabe que é um filho e não uma filha? — perguntou uma Dayo ofegante.

— A forma de sua barriga — respondeu Folá, com o olhar clínico de quem já havia trazido ao mundo quase todas as crianças da região nas últimas quinze estações das chuvas.

A calma da parteira contrastava com os sons guturais e o suor abundante que escapavam da moça, no esforço para impelir a saída do bebê. Folá também untou com fartura a fina pele no final do sexo de Dayo, para que não se rasgasse. Ela tentava acalmá-la com sua voz doce, porém segura, e com cantigas suaves para que a criança viesse envolta em alegria. Foi então que viu a cabeça pequena coroar o meio das pernas de Dayo. Untou mais um pouco da manteiga nas mãos e mergulhou pelas bordas até sentir que o pequeno estava seguro em seus dedos. E ele escorregou para fora junto com o cordão e uma água abundante que molhou toda a esteira. Um choro forte encheu o ar. Folá admirou o perfeito membro arroxeado.

— Não disse? — gabou-se.

A noite caiu, e quando Enitan pôde entrar encontrou o pequeno já envolto em panos e sugando o seio de Dayo, serenamente. O menino tão aguardado finalmente chegara. Eram ainda jovens e ela era sua primeira esposa. Pretendiam ter muitos outros filhos. Ajoelhou-se junto dela. Folá pegou a criança e trouxe um mingau para que ela tivesse bastante leite e um chá quente para Enitan. Ali, naquele silêncio e naquele instante, ele sentia que o mundo, embora mergulhado na desordem, tinha lá o seu encanto. Voltou-se para o pequeno. Com suas mãos grandes e grossas pegou o menino de aparência sadia e robusta. Olhou-o detidamente, sem deixar escapar nenhum detalhe. Mirou seus olhinhos negros que nasceram abertos, seus dedos longos para mãos tão pequenas, sua farta cabeleira negra que mais parecia um capacete protetor, de tão vasta. Ela lhe dava certo ar rebelde.

— Alágbára — disse para Folá e Dayo no cômodo quente, de chão de terra batida, em uma casa com confortos acima da média para as atuais circunstâncias. Deram duas galinhas, frutas e utensílios de metal a Folá como pagamento pelo ótimo trabalho. A parteira ficou feliz. Poucas vezes recebeu tanto.

Um nome precisa significar algo e este era imponente. Era algo como "forte e poderoso" que, somado ao nome do clã, Alágbéde (ferreiro), indicava seu futuro. Enitan estava empolgado e ansioso para ensinar ao filho todos os segredos dos minérios, dos frutos mais íntimos que saíam do útero da terra. O ouro, o cobre, o ferro. Ele, obviamente, seria o melhor, pois era um Alágbéde. Iniciaria o pequeno no ofício que fora o de seu pai e o do pai de seu pai, numa linha que não sabia onde parava.

Estavam misturados a outros povos da faixa fronteiriça entre o império de Oyó e os Aja, Guns e Fons do Daomé. Ele podia entender iorubá, eve e várias línguas aparentadas, pois os povos todos da área diziam ter vindo do mesmo lugar: a lendária Ilê-Ifé. E esta era uma história que desde menino gostava de ouvir os mais velhos contarem e certamente contaria a Alágbára. Quanto mais a ouvia, mais se sentia parte dela.

— Existiu um rei de uma dinastia chamada Ogiso, no Daomé, que foi destronado quando o povo se revoltou contra ele. Foi quando um príncipe de Ifé, chamado Oranmnyan, o substituiu — assim começava seu avô, sentado ao pé de uma enorme árvore.

Enitan escutava o avô relatar que Oranmnyan era filho do rei de Ifé, que se chamava Oduduwa. "Oni" era o título dado ao soberano e chefe religioso de Ifé e Oduduwa, assim diziam, tinha vindo diretamente do céu para reinar. Apenas o rei de Ifé possuía o título de Oni, todos os outros chefes eram chamados "Soba" ou "Oba" e recebiam suas coroas ornadas com centenas de pedras preciosas e raras pérolas na cidade de Ilê-Ifé.

— Três grupos saíram de Ifé, Enitan — prosseguia o avô. — O primeiro, liderado por Sopasan, filho de Oranmnyan e neto de Oduduwa, atravessou o rio Ogum e se fixou na montanha Oke Ayan. O segundo grupo fundou Savé, e o terceiro partiu para o norte, subindo o rio Ogum, fundando o reino de Oyó. Sete Obas passaram até que, no reinado de rei Ede, novamente o povo se dispersou exatamente como da primeira vez, divididos em três partes. Um grupo fundou o vilarejo de Idofa, o segundo formou a nação Ibarapa e o terceiro, chefiado pelo próprio rei Ede e guiado pelo caçador chamado Alalumon, fundou a Ketu, onde estamos hoje, ao redor desta linda árvore Iroko — dizia com um sorriso que vincava todo o seu rosto, iluminado pelo dourado do pôr do sol. Então chegava a parte da história toda que o menino mais gostava.

— Após a morte do Oba do Daomé, sua cabeça deveria ser decapitada, seu crânio levado a Ifé para que fosse enterrado em um local sagrado, o Orun Oba Ado. Em troca, uma cabeça de latão era enviada de volta e colocada sob o altar dos ancestrais reais. Os artesãos de Ifé eram muito habilidosos. Eram os melhores! A cabeça era totalmente igual ao do Oba morto, com todos os seus adereços e traços. Um trabalho impressionante. E foi por isso que um dia o soberano do Daomé trouxe um fundidor de metal de Ifé para ensinar sua arte. O mestre que aqui chegou se chamava Ighehae e com ele aprendemos tudo.

E o velho sempre parava a história neste ponto. Enitan nunca soube se Ighehae realmente existiu ou não, mas o fato é que eles tinham o dom de abrir as entranhas de Ilè e de lá sacar a matéria à qual poderiam dar contornos vários, como a máscara mortuária do Oba.

Um dia sobreveio a guerra, essa companheira constante de quem com ferro lida. Mas esta era uma batalha diferente. Dayo amarrou um pano no braço de Enitan e acariciou seu rosto. Ergueu Alágbará para que encostassem testa com testa. Banharam-se por instantes de eternidade no lago escuro e profundo dos olhos um do outro. Dayo queria retê-lo na retina e na ponta dos seus dedos. O peso de uma manilha de cobre que ele malhava em sua bigorna oprimia o peito dos dois. Ele passou a ponta dos dedos nas marcas sulcadas na face dela, formando como que delicadas rendas nas duas maçãs do rosto. O transe entre ambos foi interrompido pelo som das altas lanças que, ritmadas às centenas, batiam no chão alternando com os pés, em marcha acelerada, embalados pelos cantos de luta. Um som potente, belo, intimidador.

Enitan prendeu a respiração, encostou a testa na da mulher, virou-se e incorporou-se à tropa sem olhar para trás. Dayo caiu ajoelhada no solo, apertando o bebê junto ao peito, enquanto o enorme rio de homens passava rápido. Uma correnteza forte de peles escuras e faces pintadas se pôs em movimento.

Para sempre os heróis desapareceriam na densa névoa do tempo.

---&&&---

Antes que a criança finalmente nascesse, seu pai, o ferreiro e metalúrgico Édison, fez preces e oferendas. O futuro o preocupava enormemente, pois achava que estavam em tempos semelhantes aos do princípio de tudo: mergulhados no caos. Ele pedia, com devoção e humildade, que o novo ser, em cambalhotas na barriga de sua mulher e que agora dava os primeiros sinais de querer vir para a luz do sol deste mundo, ajudasse a trazer prosperidade e paz para o solo banhado de medo e sangue. Pensava nos jovens que estavam desaparecendo às centenas nas comunidades e nas tantas mães, irmãs, esposas e filhas que agora estavam sós. Elas também sumiam, mas eles em muito maior número. Ser homem e jovem nestes dias era correr o risco de não mais existir.

Depois de tanta espera, finalmente sua jovem esposa Diana se esforçava em um hospital público para trazer ao mundo mais um membro da família. Viram em exames que seria um menino. O casal ansiava para ver o pequeno cercado pela numerosa família, crescendo ouvindo as histórias contadas pelo avô, o livro vivo de todos. Édison queria lhe ensinar seu ofício e dar a ele a chance de conhecer muitos outros.

Édison rogava ao invisível para que o duro ferro que manejava e lhe dava o sustento não fosse para o filho fria matéria da máscara mortuária de um falso rei das margens em que viviam ou a lança-bala perfurante de um rosto imberbe e peito liso. O mais novo pai que estreava no mundo pedia, suplicava e implorava para que finalmente os projéteis fossem derrotados pelos ponteiros, aquelas delicadas hastes de um fino relógio com a capacidade mágica de reverter e trazer de volta os que ainda não partiram nas brumas espessas do tempo.

Peito de ferro

Por que minha mãe só vem no Natal? O eco dos passos no corredor comprido. A corrente de ar. As vozes confusas se misturando com certo som metálico. A luz fria e fraca como tudo mais ao redor. No ar, um cheiro, mistura de água sanitária, urina e cigarros. O som do coração acelerado. Um barulho de fechaduras e chaves. O gelo do ferro frio na pele quente. O leite saindo do seio encarcerado. Um choro estridente de criança ressoando nas paredes sujas junto com um grito rouco. Uma última gota molhando a camisa manchada. Soluços de mulher, olhar angustiado, dor. Um som ensurdecedor de canecas ecoando nas grades.

Como o afogado que finalmente consegue subir à superfície para pegar o ar, Doralice levantou da cama num pulo. Transpirava. Vinha da rua um barulho de alguém batendo uma caneca de metal no chão. Estava naquele estado entre o pesadelo que acabara de ter e a realidade. Olhou para o lado e Juba continuava lá, em seu sono pesado. A cabeça rodava. Apertou os olhos para suportar a claridade da tela do telefone na escuridão. Quatro horas da manhã... Abriu a cortina e viu Dadau perambulando no escuro, carregando seu velho cobertor e batendo a caneca de metal nos muros. A loucura a intrigava. Questionava-se sobre o que acontecia dentro dos cérebros para que as pessoas se perdessem delas mesmas daquele modo.

A visão de Dadau aumentou sua agonia. Estava frio. Encolheu-se atrás de Juba como se o corpo dele fosse cobertor e muralha. Fechou os olhos e tentou voltar a dormir mais um pouco, pois em breve teria que despertar de verdade. Virava de um lado para o outro sem conseguir conciliar outra vez o sono. Desistiu. Levantou-se e foi até a cozinha com a conhecida angústia ancestral disparada por aquele sonho recorrente. Em sua vida nada onírica, a lembrança mais antiga que lhe vinha à mente estava na casa há poucos passos de distância de sua janela, o lar da avó Santana. O cheiro de comida simples, de café forte... Repentinamente começou a fazer tudo com muita pressa. O odor do café saiu da nostalgia que lhe invadia para lembrá-la da hora que voava célere. Hoje era o primeiro dia no novo emprego.

Juba se remexeu na cama. Abriu os olhos com sacrifício e esticou-se espantando a preguiça. Olhou o relógio e a janela. Lutando com nuvens pesadas, a claridade começava timidamente a banhar o pequeno quarto. Deu de cara com ela de banho tomado, cabelos cuidadosamente puxados e arrumados no alto da cabeça, abrindo-se numa coroa crespa. Pronta para o dia no novo batente. Chuviscava, como diriam cariocas; garoava, como diriam paulistanos, e ele queria ficar com ela, rolando entre os lençóis quentinhos. Ele a via muito elegante, apesar da simplicidade, e achava que sua imagem contrastava com tudo o mais que os rodeava. A nobre figura de Doralice — pensava — era uma pintura rara em meio ao lixo.

Olhando para ele ali, com a cara ainda de sono, ela pensou no tanto que amava aquele homem. Andava desdobrando-se em atenções com Juba depois da tragédia que se abateu sobre eles e o grupo de amigos. Perdera Dalba para a bala e Dadau para ele mesmo, afundado em devaneios e palavras desconexas.

Não podia perdê-lo também. Acariciou a profunda cicatriz que serpenteava o antebraço direito do companheiro. Uma entre muitas. Quem nesse mundo era perfeito? Perguntava-se. Juba era seu. Ele e suas marcas. O pacote completo.

Doralice já estava na porta abrindo o guarda-chuva para ganhar a rua quando ouviu aquela voz grave que tanto gostava de ouvir sussurrada em seu ouvido: "Dorinha, você é minha?". Olhou para trás. Achou-o lindo contra aquela luz da manhã. Sua resposta foi um sorriso cúmplice.

---&&&---

Nem bem Doralice ganhou a rua, Juba literalmente saiu correndo para um fundo falso no armário. Não queria pensar nem meio segundo, pois do contrário desistiria. Tinha pressa, muita pressa! A casa ruindo, a geladeira vazia, Doralice em mais um emprego com muitas horas de sacrifício, o dinheiro nenhum, aquela vida que não desempacava. Ela dizia para ter paciência, pois sabia que iria vencer, tudo iria melhorar. Repetia que estavam ali, espremidos naquele quarto com banheiro, no fundo do quintal da casa da avó Santana, mas logo chegava a hora de finalmente a vida engrenar. Juba não tinha a mesma certeza e nem a mesma paciência. Nem lhe perguntou onde ficava o emprego novo. Para ele era tudo igual: salário desproporcional ao volume de trabalho. O primeiro, mínimo, e o segundo, máximo. Sabia que ela havia ficado feliz quando ele retomou os estudos, mas algo desmontou dentro de si desde aquele dia da morte do Dalba.

Ele e Adalberto — o Dalba — eram amigos desde moleques soltando pipas e correndo descalços pelas vielas estreitas, íngremes labirintos de tijolos e rebocos mal pintados. Na verdade, eles formavam um quarteto com Dadau, o caçula, e Dorinha. Ele era o aventureiro; Dalba, o estudioso; Doralice, a pragmática, a balança da justiça; e Dadau, o artista.

Juba tinha absoluta certeza de que Dadau seria famoso um dia. Ele ficou de boca aberta com a magnífica escultura que ele montou em um canto da favela. Usou grades e ferros retorcidos e fez uma espécie de árvore. No que seriam os galhos, pendurou canecas de metal como se fossem os frutos. Uma revista até esteve lá fotografando. A primeira vez que viu a obra estava com Doralice. Ele achou genial, pois aquelas grades todas tinham alguma coisa que remetia a um presídio, mas... era uma árvore! Quando olhou para o lado, Doralice não estava mais. Corria ladeira abaixo, fugindo. Lembrando-se dessa obra, Juba entendeu que também não perdoava esse outro crime: o assassinato do gênio que existia em Dadau.

Na noite que selou o destino do amigo de infância, ele vinha do curso que preparava para o vestibular e o Dalba, que sempre foi muito mais aplicado, voltava da universidade. Falava empolgado sobre as aulas no curso de história. Estavam numa conversa animada quando aquele sujeito se colocou no meio do caminho. Pele e pelos aparecendo entre os botões, que pareciam que arrebentariam pela pressão da barriga no uniforme, lhe davam um aspecto que Juba achou cômico. Não conseguiu reprimir um meio sorriso de boca fechada.

Sombras nas vielas mal iluminadas projetavam a forma dos jovens como gigantes. Tratando de recolher seu recalque a um lugar que eles não pudessem vislumbrar, o homem resolveu mostrar quem mandava. Suava, arfava com olhos e barriga injetados, prenhes de revanche pelo que nem ele mesmo sabia. Mandou que espalmassem as mãos na parede e abrissem as pernas. Não. Teve ideia melhor. Ordenou que ajoelhassem. Apalpou os corpos e revirou os bolsos. Abriu com brutalidade suas mochilas. Encontrou livros, cadernos, canetas, um maço de cigarros, carteiras, dois celulares nada novos e um pacote de pastilhas aberto e já pela metade. Olhou o título dos livros e um deles chamou a atenção mais pelo autor que pelo título: Marx.

— Não é aquele tal comunista? Tu é comunista, ô moleque? Onde já se viu preto comunista?!

Dalba não entendeu a relação entre uma coisa e outra, mas sabia que o mínimo movimento poderia lhe sentenciar. Deu de ombros e tentou ao máximo ocultar a tensão que percorria suas veias e enrijecia seus ossos. Falou com voz pausada, medindo cada letra e fingindo normalidade, que queria era ser professor e precisava estudar, pois a pior coisa era ignorância. Juba olhou instintivamente para ele numa virada de cabeça brusca. Olhos arregalados e incrédulos. Os dois acompanharam o movimento do homem, que levou a mão à arma.

— Moleque, tá me chamando de ignorante? Essa porcaria fala de quê? — O homem aumentou o tom de voz.

— Fala de... coisas sobre o mundo, sobre o trabalho.

— Hum... sei... Cê tá me achando com cara de imbecil, não tá?

Um breve silêncio foi quebrado pela voz grave de Dalba dizendo que não queria confusão, apenas respondeu à pergunta feita. Estavam numa surreal situação ali parados, com as mãos na cabeça e ajoelhados, de frente para um homem que com uma das mãos examinava *O 18 de brumário de Luís Bonaparte* e com a outra acariciava a pistola na cintura. Perguntavam-se, afinal, o que haviam feito de errado. Um barulho de caneca de metal bateu em algum telhado e despertou os três daquele transe. Foram liberados, mas não sem ouvir que estariam "sob vigilância".

Uma semana depois, Dalba apareceria entre os mortos naquilo que as notícias oficiais diziam ter sido um "confronto com traficantes". Juba sentiu como se uma espada bem fina lhe entrasse pelo peito e saísse no alto da cabeça. Já havia perdido todos os seus e Dalba... Dalba era um irmão. No grupo, era ele, Juba, quem sempre aprontava mais. Cada cicatriz, um troféu. Uma pipa bem preparada com cerol — o fino pó feito com vidro e que passado na linha da pipa era arma certa para cortar outras pipas nos céus do subúrbio — quase lhe cortou a jugular e agora era fino traço mais escuro que a pele escura do pescoço. Caiu de uma laje e as marcas na lateral da perna esquerda eram o sinal de que ferros andaram por ali para curar a fratura exposta. A grande serpente no antebraço direito conseguiu no dia em que começou a namorar Doralice. Já não eram mais crianças e estavam se curtindo à distância no baile, saboreando-se com os olhos, quando começou uma briga generalizada. Era a chance de bancar o herói. Pulou na frente dela e uma garrafa cortada lhe abriu a pele. Aproximaram-se no cuidado daquele ferimento. No dia em que Dalba se foi, Juba vagou a esmo por todos os becos. Procurou Dadau desesperadamente. O encontrou atirando na parede todas as tintas que usava para colorir muros e fachadas com seu traçado de desenhos recheados de poesia, ironia e beleza. Dadau estava sempre na corda bamba em que se equilibram os que sonham demais; os que pisam o chão, mas não pertencem ao solo; os que veem e sentem todas as dores. Não achou Dadau e temeu que a morte do amigo finalmente o tivesse derrubado do arame de equilibrista sem que existisse um colchão embaixo para ampará-lo.

Com todas aquelas recordações na cabeça, na manhã do primeiro dia de emprego de Doralice, Juba pegou a arma no fundo do armário, camuflou-a por entre as calças, pegou um agasalho e abriu a porta para sair. A partir da data do assassinato de Dalba — recusava-se a falar a palavra "fatalidade" — perdeu a pouca paciência que lhe restava.

---&&&---

Um choro estridente de criança ressoando nas paredes sujas junto com um grito rouco e soluços. Um sentimento de fome. O sonho... Enquanto sacolejava no trem, com o barulho intermitente das rodas nos trilhos como uma cantiga monótona, as imagens vinham rápidas e sequenciais na mente de Doralice. Quando aparecia na noite anterior aquele sonho que tanto a incomodava, ele ficava o dia todo sendo sonhado.

O dia todo de pesadelo pesando na mente. Sentiu um nó na garganta ali mesmo, no meio da multidão apinhada. Olhou para cima para evitar as lágrimas que começavam a dançar na retina. O barulho dos trilhos era mantra a lhe afundar nos abismos do coração. Cerrou os olhos.

Alguém pisou em seu pé. Reprimiu um grito mais forte. Encarou o rosto da autora da pisada e em seus olhos viu um pedido de desculpas, algo que lhe era familiar. Fazia muito tempo, mas ainda podia enxergar o medo e a enorme ansiedade nas retinas daquela mulher. Ela não a conhecia, não possuíam nenhuma ligação, por mais que investigasse os sentimentos. Abraçaram-se de uma forma meio tímida.

Recordava-se da avó Santana de pé, recostada na parede, se controlando para não desaguar. Viviam com muitas dificuldades, mas ela sim era a sua família. Sua mente de criança se embaralhava. Nas confusões na escola a pergunta sempre vinha: "Ela é sua avó? Onde está a sua mãe?". Por outro lado, sentia todo o constrangimento da família quando ela, Doralice, perguntava: "Por que minha mãe só vem no Natal?". Mãe... Doralice deu o veredicto em um tribunal no qual ela era ao mesmo tempo defesa, acusação e juíza: "Essa mulher é a culpada por tudo".

Tinha seis anos. Tempo de vida suficiente para sentir, mas insuficiente para entender. Não havia terminado a primeira infância e uma parte do coração já estava duro o suficiente a ponto de não abraçar a própria mãe, pois este "tudo" que vinha depois da palavra "culpada" era coisa demais.

Agora estava ali, boiando no mar de suas dores e culpas, chegando à joalheria do shopping center. A gerente lhe entregou uma camisa com a marca da loja, um blazer e lhe ensinou a maquiagem adequada. Uma marca moderna — lhe disse a gerente — com peças de design arrojado, que se orgulha de ser inclusiva e perfeitamente afinada com o novo século. A gerente comentou sobre o seu cabelo com um ar de aprovação e já íntima, chamando-lhe de "Dorinha", sentenciou: "Estiloso, *fashion, super in!*".

O trabalho transcorria aparentemente tranquilo. Aparentemente, pois notou que os clientes discretamente a evitavam. Desdobrando-se em simpatias e agrados, conseguiu atender dois naquele dia. Um rapaz que queria comprar as alianças de noivado e um homem que queria dar um anel com um pequeno rubi para uma "mulher especial". Era o primeiro dia, pensou. Tudo vai melhorar, falou consigo mesma. O homem do rubi era o último cliente na loja, quando um encapuzado entrou veloz apontando uma arma.

---&&&---

A chuva gotejou o dia todo, mas naquele momento escorria farta em pequenos rios e afluentes pela sarjeta do lado de fora. Dentro, água também. Lágrimas escorriam nos rostos apavorados da gerente e das vendedoras. A arma já estava na cabeça do cliente de joelhos.

— Seu porco!

O homem encapuzado apontou a arma para a cabeça

do cliente. Quando viu aquele casaco e escutou aquela voz, Doralice teve uma vertigem e de olhos arregalados soltou um gemido alto. O assaltante olhou para ela de dentro de sua máscara. Por um segundo encararam-se. Ela só pôde pronunciar em tom quase inaudível.

— Por favor, não faça isso! Por favor, por favor... — implorava com um fervor quase religioso.

O "cliente do rubi", aproveitando-se deste instante de distração, também sacou uma arma e apontou para o encapuzado. Doralice, saindo do canto em que estava se interpôs entre eles desesperada.

— Por favor, por favor... Estou grávida!

Quando os seguranças e a polícia chegaram a gerente não teve dúvidas.

— Esta cadela preta! São cúmplices!

---&&&---

Horas antes, Juba abrira a porta para ganhar a rua logo depois de Doralice, disposto a fazer qualquer coisa. Disposto a derramar por aquele cano de arma sua revolta, seu inconformismo, sua saudade e sua revanche. Pronto para descarregar tudo naquela bala. Nem bem sentiu a umidade da chuva, Dadau o empurrou para dentro e se atirou sobre ele, imobilizando-o. Pegou seu agasalho, a arma e saiu em disparada. Juba foi surpreendido que não pôde reagir. Quando conseguiu se mover, Dadau ia longe.

Quando finalmente chegou à delegacia com a avó Santana e um advogado que arrumaram às pressas, Juba viu de longe o tal "cliente do rubi". Parecia íntimo de todos. Era o mesmo que havia posto a ele e o amigo Dalba de joelhos. Dadau descobriu tudo sobre ele e o seguiu até a loja. Juba encarava Dadau que repetia em tom muito baixo: "Eu vi tudo, Jubinha! Eu vi, eu vi, eu vi...".

Algum tempo depois, os domingos seriam sempre para ver Dadau no hospital penal psiquiátrico. Juba levava-lhe as armas para fugir da prisão: tintas e papéis.

---&&&---

Doralice despertou trêmula. Segurou a barriga que já estava grande. Tivera outra vez o pesadelo com a cadeia. Juba a abraçou.

A cela era enorme e impessoal. Por algum tempo até se assemelhou a um lar, repleto de fraldas, mantas e chupetas. Tudo parecia de menor importância no aconchego daquele momento de seio e leite. No entanto, a paz da comunhão entre mãe e filha foi quebrada e a última gota de leite saiu por entre as grades, quando afastaram as duas por tempo indeterminado. Saudade, desamparo, solidão... A criança já estava crescida e precisava ser separada do convívio da presidiária. Iria para o "Abrigo da Avó Santana". Para sempre Doralice sentiria a dor daquele instante. Ela ficaria ali, doendo por baixo de tudo o que vivesse dali por diante. O seio materno se fundindo ao ferro das grades.

— Não acontecerá com você. Não acontecerá conosco — disse Juba, sereno, acalmando-a de mais um pesadelo que a levava aos primeiros momentos de vida, a uma primeira infância que só recordava quando dormia. Como as pessoas sensitivas que diziam ver vidas passadas em sonhos, Doralice só enfrentava essa existência quando fechava os olhos à noite.

Como sempre, ela perdeu o sono, mas não forçou para retomá-lo. Pela primeira vez pensou na mãe que um dia a abrigou no ventre, como ela agora abrigava a filha. Pensou que finalmente iria visitá-la. Juba desistiu dos planos de assassinar o assassino de Dalba e estavam retomando a vida. Já que não voltariam mesmo a dormir, ela foi até a janela esperar pelo sol.

Doralice sorriu sentindo uma leveza, pois agora tinha certeza de que a criança que se remexia dentro dela nunca seria amamentada no intervalo entre uma barra de ferro e outra, nunca sentiria aquele frio cortante e, principalmente, não teria motivos para perguntar: "Por que minha mãe só vem no Natal?".

Vândalo

Gustavo estava revoltado e teve seríssima discussão com o pai, Gustavo, assim como ele. A "guerra dos Gustavos" era provocada pelo tema do momento: o aumento das passagens de ônibus. Enquanto o filho repetia randomicamente após cada argumentação que "não eram pelos vinte centavos", o pai custava a acreditar que ele, um jovem estudante que frequentou as melhores escolas e agora estudava em uma das melhores universidades do país, fosse tão ingênuo. Gustavo Pai tinha absoluta certeza de que todos os que estavam tomando as ruas eram baderneiros e não queria seu filho metido naquilo.

— Essas pessoas precisam aprender o valor de uma palavra chamada limite. E já que não aprendem por si, quem vai dizer o que ela significa é a polícia. Quem estiver na frente, vai aprender essa lição na porrada! — As vozes se alterando e assustando dona Regina, que tentava pôr os panos quentes.

Enquanto a discussão azedava o café da manhã no bairro de Botafogo, na Pavuna, Geninho acordou naquela mesma manhã disposto a incrementar as finanças e fazer um ganho extra. Pegou o trem lotado e partiu para o Centro do Rio de Janeiro com sua caixa de pastilhas de menta e o texto bem decorado. Enquanto os vagões sacolejavam nos trilhos que cortavam todo o subúrbio carioca, ele ia gritando suas promoções para um público exausto, às seis horas da manhã.

"Essa pastilha de menta em qualquer lugar é dois reais. Na minha mão, com dois, o senhor, a senhora, a senhorita leva duas. E se der mais cinquenta centavos, leva três!"

Geninho era Eugênio, como o pai, e achava que não tinha

esse nome à toa. Todo mundo dizia que era muito inteligente e que sabia fazer negócio como ninguém. Estava inspirado. Entrou no trem com um negócio de balas de menta, saltou na Central com um de bebidas e voltaria para o trem, à noite, com outra coisa para oferecer no dia seguinte. Uma venda engatilhada na outra. Assim era a arte de se virar. Precisava.

A mãe, dona Odete, não tirava a cara da Bíblia desde que Eugênio Pai morreu. Ela rezava, ou melhor, orava um dia sim e outro também para que ele, Eugênio Filho, o Geninho, não "virasse bandido". Ele achava graça desse medo da mãe. "Tem perigo não, mãe. Vou fazer o pai passar essa raiva lá em cima não, mas... Quem é bandido e quem não é?" — resmungava quando a via tão concentrada em suas murmurações para Deus.

Ligou a televisão e viu o ato contra o aumento das passagens anunciado. Na mesma hora ligou para o Duda Maromba, que sabia de todas as manhas dos ambulantes no Centro da cidade. O dia prometia. Chance de vendas gordas! Carnaval, passeata, marcha, engarrafamento, qualquer coisa que juntasse muita gente era chance para vender — pensava Geninho. O preço da passagem?

— Com mais vinte ou menos vinte centavos, eu num tenho mermo — dizia com uma gargalhada.

Desceu na estação e achou o Duda Maromba já com o isopor, o carrinho de compras e algumas caixas de água. Já estava com tudo arrumado no meio da tarde, descendo a Presidente Vargas, empurrando o carrinho e driblando o trânsito pesado quando Gustavo Filho não fez caso da discussão com o pai e foi encontrar com colegas no metrô. O grupo de estudantes da Zona Sul carioca desceu na estação Uruguaiana e a aglomeração já começava a se formar. Muita gente liberada mais cedo pelas empresas andava apressada para sair do Centro o quanto antes. Era um mar de cabeças em sentidos contrários. Quando a noite caiu e as luzes da cidade acenderam, um rio humano inundava a Avenida Presidente Vargas e dobrava para a Avenida Rio Branco.

— Olha a água, olha a água, aguáaaa! É dois real!

O isopor no carrinho era um obstáculo para os manifestantes. Duda empurrava e Geninho vendia. Depois trocavam.

— Dois reais, parceiro.

Gustavo estava tirando o dinheiro do bolso quando a explosão se ouviu ao longe. A correria fluiu para o buraco do metrô que lotou rápido, mas o gás sufocava e cegava. No meio da correria, da gritaria e da fumaça, o carrinho de Duda e Geninho virou, um cacetete ergueu-se e um corpo caiu. Os olhos ardiam. A tropa correu levantando escudos. Com lenços cobrindo o rosto, um grupo corria para o lado oposto. Aquela fumaça ardida. A tropa de choque passou por Gustavo e não o enxergou. Ele correu para o metrô e, depois de algum sufoco na estação, chegou em casa a tempo de ligar a televisão.

— Ah, meu filho! Graças a Deus — disse dona Regina, entre lágrimas.

— Limite! Limite! Limite! Eu falei! — repetia Gustavo Pai, entre gritos.

No sofá do apartamento amplo os três viram na tela a tropa de choque e um, dois, três, sete jovens ajoelhados. A cena alternava com algumas vidraças de bancos e prédios quebradas. Gustavo Pai gritava ainda mais alto.

— A propriedade! O ataque à propriedade alheia!

Na Pavuna, dona Odete abraçava a Bíblia enquanto, com olhos vidrados, mirava as mesmas cenas na TV. Seus olhos esquadrinhavam a tela procurando alguém até que... Geninho!

A palavra "vândalo" foi a última coisa que escutou o repórter dizer antes de fechar os olhos e mergulhar na total escuridão.

A formatura

Mal dobrou a esquina e José já estava achando um clima esquisito. Parou em frente ao velho conhecido portão de ferro, abriu-o devagarzinho e entrou. A casa estava no mais absoluto silêncio, formando um conjunto algo sombrio com a rua também vazia. Não estava acostumado a tanto nada nos ouvidos naquele território tão conhecido desde o berço. Não tinha recordação de um momento assim em sua vida naquele endereço: esvaziado de gente, de almas e, principalmente, de sons.

A cabeça humana é bem esquisita – pensou –, passamos um tempão desejando coisas e quando finalmente acontecem, vemos que não era nada daquilo. Desde o ensino fundamental até o fim da universidade queria ardentemente um momento como aquele, ou seja, um instante de paz para estudar ou simplesmente pensar em nada, mas ali dentro era uma gritaria tamanha, um entra e sai galopante e uma eterna casa cheia que o enlouquecia. Ele, o "diferente", o quietinho do bando louco da casa do seu Antenor, se incomodava com tanta agitação.

José deu alguns passos no pequeno jardim da entrada, mas estancou diante do banco de pedra entre uma roseira e um dendezeiro. Viu na memória o avô agachado para cuidar da terra e contando a ele, ainda bem pequeno, como sua bisavó cuidara de todas as plantas do terreno até quase o dia em que foi para o outro mundo. Lembrou também de quando passou no vestibular para cursar a tão sonhada, por ele e por todos, universidade. Recordou o idoso tranquilo, que mais ouvia do que falava, que carregava certa doçura no modo de olhar e que jamais ele ouvira falando do alheio. Ainda ecoava em seus ouvidos a última conversa que tiveram antes do seu embarque. O abraço terno naquele mesmo banco próximo ao portão de ferro e a advertência, no timbre manso do avô, para que jamais se esquecesse de quem era, mas... afinal, quem ele era mesmo?

Sentou-se no banco frio, sem o calor do pai de sua mãe, que partiu para sempre em seus primeiros meses de universitário. Não deu tempo de voltar para sentar mais uma vez ao lado dele e do dendezeiro. Sentiu os olhos arderem com alguma lágrima brincando na borda e querendo rolar pela face. Ele, agora o primeiro diplomado da família inteira, o bacharel tão sonhado e letrado, estava sucumbindo às imagens do passado ao qual se achava imune porque, a verdade precisava ser encarada, sentiu até certo alívio quando partiu para estudar fora.

Levantou-se e seguiu pela porta principal: "Ora, ora... mas onde estariam todos e... Ai!". Gemeu de dor. Por conta do ambiente na penumbra, acabara de dar uma topada no pé da mesa da avó Otília. Não sabia se xingava ou se sorria, pois, se no banco de pedra podia ver o avô, na mesa de madeira pesada da sala podia "cheirar a avó". Era uma variedade de pratos que ninguém fazia igual e era também insaciável a gula dos irmãos, dos primos, da gurizada da vizinhança com as comidas da matriarca.

Dona Otília seguia a cartilha de seu Antenor, ou melhor, ele era quem seguia a dela, porque a mulher era durona, não admitia intriga, fofoca, falação. A vizinha, dona Clotilde, bem que tentava, mas a velha estancava a candinha só com o olhar. Ela era uma jaqueira igualzinha àquela que subia alta, lá no quintal. Aquele sim um espaço grande, colado na cozinha, o lugar de (mais!) barulho e das rezas e ladainhas para São Benedito, Nossa Senhora e Santo Onofre quando a aflição era muita, como no dia em que os pais Manuel e Lucinha brigaram quase que definitivamente, ou quando o primo Luquinhas caiu da laje soltando pipa.

Lembrou de uma festa de São Cosme e Damião. Sete meninos para comer aquilo tudo... e com as mãos! Ele protestava sempre quando era escalado para o elenco de moleques da comilança. Queria devorar, mas não daquela maneira. Tudo lhe parecia demais primitivo. Aliás, não entendia como a avó podia comandar a macumba daquela casa e misturar com a reza dos santos da igreja. Evitava levar os novos amigos de classe média feitos na universidade para a casa da família. O peito apertou, pois sentiu vergonha da vergonha que um dia sentiu.

Rumou quase correndo para o quintal. Queria voltar no tempo e ver a jaqueira e o abacateiro e ouvir com a audição da recordação as brigas das tias e das primas, o samba rasgado no final de semana, queria escutar os pais e os irmãos, os amigos e amigas de infância, a primeira namorada, o choro com o remédio que ardia no cotovelo ralado, o batuque, o cavaquinho, o tamborim, o dendê e a galinha preta... Mas a casa estava completamente vazia! Como podia ser aquilo se ele via, cheirava, sentia o gosto e ouvia tudo tão vivamente?

O último dos sentidos José só experimentou quando desceu a pequena escada que ligava a cozinha ao quintal. Foi uma explosão de instrumentos, vozes e ritmos, afinal, não é todo dia que volta para casa um doutor: o doutor José! Estavam todos lá, esperando pelo primeiro dos seus com "o canudo". A família, os vizinhos, os conhecidos. Beijos estalados, abraços apertados, tapinhas nas costas de uma pequena multidão.

O tio Tonico improvisou um discurso com aquela voz pastosa de quem já havia esvaziado algumas garrafas, saudando-o como a sumidade do pedaço. José mirou a jaqueira. Por um momento pensou ter visto seu Antenor e dona Otília. Contradisse o tio.

— Bamba... bamba são os da minha casa!

E a comemoração da formatura foi até o dia clarear, num tal de todo mundo beber e de todo mundo sambar.

Cruzeiro Buenos Aires

— Uóshington.
— Washington?
— Não, U-ó-shig-ton.

Era muito chato, mas tinha que soletrar seu nome toda vez que alguém precisava escrevê-lo. Não tinha culpa se sua mãe, que sonhava em visitar um dia os Estados Unidos, registrou-o com o nome da capital americana ao seu modo "abrasileirado". Naquele dia ensolarado não se importou em repeti-lo mil vezes, afinal, estava de férias e realizando um sonho: embarcar no Cruzeiro Buenos Aires. Ah, aquele cheiro de maresia que toda a vida o remetia às férias... Estava em êxtase!

Vestia suas melhores roupas e, na mala, um enxoval digno de um príncipe. Estava certo de que encontraria ali o amor de sua vida. Viveriam uma paixão tórrida no meio do oceano, tendo a imensidão azul como paisagem na escotilha da cabine, reclinados em espreguiçadeiras no convés, bailando em salões iluminados iguais àqueles impressionantes cenários do filme *Titanic*. Não! *Titanic*, não! Afastou pensamentos náufragos em momento tão longamente esperado.

Deu seu nome e subiu ao paraíso. Ingressou naquela grande nave sentindo-se parte da festa do mundo. Na entrada, uma moça de sorriso congelado na cara oferecia drinks aos viajantes. Ofereceu ao casal a sua frente, à família atrás dele e deixou-o ali, com a mão estendida no ar. Precisou fazer malabarismos para que ela o visse e finalmente o brindasse com a bebida de boas-vindas. Pensou em criar um caso, pensou em protestar... Mas estava tão feliz, não iria estragar a viagem logo de cara por conta de uma funcionária desatenta. Prosseguiu.

A embarcação partiu com grande alvoroço entre os passageiros e uma música encheu o ar. Uóshington buscou sua cabine. Ninguém o auxiliou, mas também decidiu não se deter por isso. Encontrou e logo subiu para aproveitar o dia. Seria uma semana até a Argentina, onde dançaria tangos, comeria *dulce de leche*, iria ao estádio do Boca, daria um jeito de encontrar Maradona, que, afinal, achava melhor do que Pelé. Viu uma moça bonita e se aproximou. Seria ela o romance das férias de sua vida?

— Charlotte.

— Uóshington.

Sorriram, pois os dois eram cidades dos Estados Unidos. Começavam com uma grande coincidência. Não, não era coincidência. Supersticioso, ele sabia que era um sinal. "*É ela*", pensava. Na mesma noite dançaram na boate e se divertiram muito. Bebidas, músicas que ambos gostavam, petiscos, jantar, risos, mas... Algo começava realmente a incomodá-lo: a não ser que chamassem praticamente aos gritos, ninguém se dirigia a eles espontaneamente. A moça na chegada, a camareira, o garçom, os oficiais, outros passageiros... ninguém. Uóshington espantou pela milionésima vez aquele "detalhe". Estava ali, ao lado do futuro grande amor de sua vida conhecido nas melhores férias de sua existência e ficava assim, se importando com os outros? Decidiu que ninguém estragaria aquele momento.

Charlotte e Uóshington foram para o convés. Na amurada, iluminados pelo luar e refrescados pelo ar marinho, ele a enlaçou pela cintura e a olhou no fundo dos olhos. As bocas estavam quase se tocando quando sentiu um toque brusco no ombro. Um homem o sacudia dizendo que não podiam ficar ali. Ele se virou irritado. Então ninguém falava com ele e o primeiro a lhe dirigir a palavra o fazia com brutalidade? Por que se não estava fazendo mal a ninguém? O que havia de diferente com ele? Desabafou o que estava evitando encarar.

Empurraram-se, Charlotte pediu que parassem, outros vieram para ver o que estava acontecendo. Uns para apartar, outros para incentivar. O homem avançou para ele e lhe deu um soco. Uóshington revidou. O homem avançou de novo. Ele puxou uma faca do meio dos cobertores. Cobertores?

Uóshingotn levantou assustado com o solavanco do funcionário da agência de turismo, embaixo da marquise sob a qual dormia abraçado com Charlotte, na zona portuária. Ele sempre fazia isso depois de posicionar o cartaz para atrair os clientes onde se lia: Cruzeiro Buenos Aires até 12x sem juros. Depois da habitual discussão de todos os dias, juntaram suas coisas e saíram pela cidade para buscar outro pouso. Ninguém os enxergava, afinal, para quase todo mundo estavam eternamente de férias.

Suéter grená

Luzia sentia frio. Os arrepios andavam lhe eriçando os pelos do belo corpo havia muito tempo. Não era emoção pelo filme tocante, não era desejo por Juliano, não era a terceira gripe do ano. Era gelo. Um frio inexplicável que não atinava de onde vinha. Só sabia que não podia ligar a TV, pois as ondas de um inverno rigoroso saltavam da tela. As notícias feriam seu coração como estalactites caídas de alguma caverna coberta de neve. Seu corpo pressentia o longo inverno.

Não distinguia os rostos distorcidos com semblantes raivosos na tela. Só ouvia seus gritos de ódio e seu frio aumentava. Resolveu sair para receber alguns raios do sol e tentar regular a própria temperatura. Abriu o armário e viu seu suéter preferido, daquela cor intensa que chamavam de "grená". Passou o tecido felpudo no rosto de olhos fechados e a maciez lembrou-lhe as carícias de Juliano. Suspirou. Recordava-se exatamente do dia em que recebeu o agasalho de presente e de como ele a vestiu e depois a despiu. Acordou de seu sonho, ajeitou os cabelos crespos e volumosos, olhou-se no espelho. Sentiu-se bonita e aquecida.

Caminhou pela calçada reparando os olhares de estranheza. Uma mulher esbarrou nela com brutalidade fazendo-a cambalear. Um homem impediu seu avanço na calçada. Ela estancou diante de uma parede que não era de alvenaria, mas de carne humana. Pessoas que a cercavam e tocavam seu suéter grená favorito sem nenhum respeito, seu cabelo, seu corpo. Inútil gritar. Policiais impassíveis olhavam por cima das cabeças, como se a cena não estivesse acontecendo.

Luzia cruzou os braços abraçando o próprio peito, tentando proteger-se das mãos que a tocavam com rispidez. Seria por que estava calor e ela sentia frio? Seria por que estava com a roupa errada? Mas por que isso incomodava tanto aquelas pessoas? Os rostos ela não via bem. Estavam disformes, espumando ódio como os das notícias na TV. Alguém a empurrou. Ela caiu e olhou, de baixo para cima, a multidão apontando para o suéter da cor do desejo, quente, profunda como o sangue. O primeiro puxão foi na altura da barra; o segundo, na manga; o terceiro, na gola; o quarto, o quinto... Luzia ficou ali, caída e vestindo um agasalho em farrapos sobre a pele escura. Um homem passou e cuspiu em sua direção com grunhido de cólera dito entredentes:

— Comunista!

Ninguém se importava com o seu extremo frio sob o sol escaldante. O grande crime passível de linchamento era vestir vermelho.

Brilhante

Madalena só desejava um amor e brincar o Carnaval. Ela não via graça na festa sem um beijo ardente na boca. Madalena queria sambar e também amar. Não se importava com o brilhante que Thiago lhe empurrou no dedo anelar. Madalena queria suar e transpirar sob seu corpo e nada mais, antes da festa. Ou depois dela. O brilho não a seduzia. Mas Thiago queria o brilho. Thiago queria reluzir na frente do espelho da multidão. Ela não lhe perguntava nada. Não lhe cobrava nada. Madalena tinha uma sede de alegria e amor.

Não é que Thiago também não desejasse o mesmo que ela, apenas queria de um jeito diferente. Almejava o reconhecimento e o olhar invejoso de quem não tinha acesso ao mesmo Carnaval e ao mesmo ardor daquela mulher sob muitos aspectos desejável. Madalena olhava sua imagem e não se via assim. Achava-se uma pessoa normal, a não ser no Carnaval. Sim, na festa máxima era a deusa, a rainha e o esplendor, mas...

A copa frondosa da árvore

O chão criteriosamente encerado. A máquina de costura preta com aqueles pedais que ela pressionava com seus hábeis e pequenos pés, que eram o perfeito acabamento para as pernas grossas e bem torneadas. A mobília pés de palito. O óleo Seiva de Mutamba. O pente. Os laços de fita cuidadosamente passados. Na sala daquela casa da Zona Oeste carioca, quando o relógio batia onze horas, ela religiosamente largava as linhas e alfinetes para me prender em suas coxas.

O ritual incluía girar o botão do rádio e impregnar o ar com o Concerto Nº 1 de Tchaikovsky, a abertura do repórter Aroldo de Andrade no rádio. As notas da peça musical mesclavam-se com o cheiro do óleo besuntando suas mãos e era a senha para que o pânico se instalasse em meu olhar, pois àquela altura dos meus oito anos de vida minha cabeleira já assumia o volume das copas frondosas das árvores mais densas e o pente assumia feições de armamento pesado. A motosserra de plástico.

Eu, sentada no chão, presa naquelas coxas negras de tom suavemente amarelado, evidenciando a apimentada mistura que descendia de alguém que talvez viesse do Sudão com outro alguém nascido dos Maracás ou Cariris, da região de suas raízes — a Chapada Diamantina —, tinha a revolta do bicho doméstico aprisionado para uma vacina ou um banho indesejado.

Ela era silenciosa e tinha a "chave de pernas" mais poderosa do universo. Impossível escapar. O óleo penetrando fundo nas folhas da minha árvore. O cabo do pente dividindo tudo em mechas como um vento raivoso descabela a folhagem. Pronto. A luta ia começar.

Os dentes do pente cravando na base da cabeça e lá vinham suas mãos de costureira de madame puxando e trançando, puxando e trançando. Eu sentia como se em cada recolher de seu punho saíssem junto todos os meus neurônios. Tchaikovsky e sua trombeta. O piano dominando. Os violinos. As vozes da vinheta. O andamento acelerava, caía, e entravam as notícias, com a voz marcante do Aroldo de Andrade. Ela afrouxava as coxas. Já não havia o perigo de fuga. A cabeleira estava tão rigorosamente presa em trançados elaborados e amarrados com laços de fitas que os olhos puxavam nos cantos, como os dos orientais... Ou seriam os dos indígenas da baiana Lençóis? Ela me mirava com um ar de aprovação. Eu, passado o drama infantil, também gostava.

Em segundos não restariam vestígios da "sessão de tortura" ao som do compositor romântico russo. O arsenal era guardado numa caixa de madeira que seria reaberta no dia seguinte, com o mesmo drama teatral, e vinha daí, desta rotina cômica, o seu silêncio resignado e irônico.

Na mesa fumegava o escaldado de peixe, a fritada com camarão seco ou alguma de suas delícias. Eu entraria no ônibus da escola e dele desceria algumas horas mais tarde, com uma meia descendo no sapato e outra na altura dos joelhos ralados, parte da blusa para fora do cós da saia e com minha copa de árvore completamente livre das amarras. Sem poda.

Minha avó me receberia pontualmente no portão de casa e, com a sabedoria indígena e negra em seu sangue, se abaixaria para nivelar o olhar ao meu, mas também não diria nada. Apenas acariciaria as folhas no alto de minha cabeça e me daria um beijo, convidando para a sopa de legumes, que já estaria posta na mesa coberta com uma toalha florida, a esfriar perfumando o ambiente, como uma suave brisa na floresta da minha infância.

A passagem

Deitada no leito acolchoado, de olhos cerrados e presa a um tubo, Carolina dos Reis refletia sobre sua vida até aquele momento. Poderia ter acabado com tudo muito antes de se ver recostada naquele local quente, apenas aguardando pela hora derradeira, numa ansiedade sem fim e imaginando, afinal, como tudo terminaria e em como seria "a passagem". O filme que se desenrolava diante de seus olhos mostrava a realidade sem enfeites. Era preciso enfrentar a verdade. Era o momento da carne crua. Pensava no corpo nu e no leito que a oprimia cada dia mais. Um incômodo crescente, mas ao qual ia se adaptando, pois não tinha outro jeito.

Não conseguia distinguir muito bem o que diziam, mas ouvia um barulho intenso ao seu redor. Pensou que finalmente poderia descansar e ter paz quando chegasse a hora. Entre todos os sons a sua volta, um se destacava: o da voz de sua mãe, Antônia, que já estava do outro lado da vida. Como seria ela, afinal, a outra face da existência? Escutava a mãe chamar "minha filhinha" com suavidade e cantar músicas doces. Canções ancestrais. Também a ouvia chorar em suas angústias por ter carregado a vida inteira o mundo nos ombros, suportando julgamentos.

Não conseguia se mover e a sonda incomodava. Queria mudar de posição. "Até que enfim inclinaram a cama!", pensou. Estava em uma posição mais cômoda, mas... as vozes do além não a deixavam descansar. Uma delas pensou ser de Orlando. Teria ele vindo fazer uma visita? Teria essa coragem? "Homens são seres nada confiáveis", pensava, "vou tratar de me prevenir contra eles no outro mundo", refletia com um sorriso irônico.

Sentia o corpo com a pele fina e enrugada. A vida era mesmo cruel. A mente entrou num turbilhão e começou a recapitular algumas passagens contadas pela mãe, em suas confissões quando estavam sós, sempre com uma ponta de amargura. Tinha tantas coisas para falar e para perguntar quando finalmente a encontrasse no além... Crescera assim, ouvindo que precisava ter o dobro dos ombros das outras. "Mas que outras?", se perguntava. Não seriam todas fêmeas a habitar o mesmo planeta inacabado? Não, não seriam todas as mesmas fêmeas, dos mesmos machos. Cedo entendeu dona Antônia, mas queria não apenas falar. Queria encontrar a mãe e dar o abraço que no momento não podiam trocar. Sorriria para ela e lhe daria ternura. Alegraria seus dias e juntas ficariam para sempre neste novo mundo.

Dona Antônia — em um tempo que agora lhe parecia distante na eternidade —, quando ela ainda era bem pequenininha, sentou-se com ela na frente de um espelho e conversou fazendo-a compreender que essa cor da terra que a cobria dos pés à cabeça era toda a sua beleza e seria toda a sua luta de vida. Recebeu da mãe a força e as informações que precisava para ao menos começar a nova jornada, mas com o carinho que vinha de sua voz aveludada. Carolina, então, prometera silenciosamente que lutaria por um novo mundo, onde a existência fosse menos dura para elas.

Sentia-se estranha naquela cama, que se tornava mais

incômoda a cada dia. A cabeça não parava. Decidiu encarar a espera não como uma tortura, mas como a chance que lhe davam para examinar o texto do que vivera até ali. Saberia em breve se outra vida realmente existia e não queria errar. Ter esta chance seria muita generosidade do Criador. E, afinal, como seria Ele? Esperava que fosse uma Criadora, que fosse uma Deusa. Muitas vezes duvidou, embora a voz de sua mãe viesse lhe dizer que Deus a ama. Como poderia acreditar em sua existência se desde cedo aprendeu que umas e uns têm mais direitos que outras e outros? Que a linda igualdade é uma ilusão que se derrama pelos papéis e discursos, mas nunca pelas vidas de carne e osso?

Ouvia pessoas apontando rancores. Gostavam de colocar palavras em sua boca e pensamentos em sua cabeça. Chegou a engasgar-se com tantas coisas que lhe empurravam pela goela, que nem abrir direito podia naquelas condições. Finalmente regurgitaria tudo aquilo e se sentiria leve. Esta passagem lhe pareceria bem mais penosa se não tivesse entendido que precisava dizer o que achava que devia e a quem de direito. Em alguns casos indo às últimas consequências. Dona Antônia a ensinara que era preciso aprender a guerrear com a palavra.

Fechou os olhos. Já havia passado em revista quase tudo o que aprendera. Por último, lhe veio outra vez Orlando no quadro mental. Também escutava sua voz vinda do além. Entenderia, finalmente, porque a abandonara tão cedo. Estiveram juntos no início de tudo e quando finalmente chegara o momento de comemorar algumas vitórias, ele a abandonara. Escutava as vozes do mundo, sabia que a solidão era algo comum entre elas. Passou muito tempo a se perguntar, afinal, o que teria feito de errado. Qual a sua participação naquela dor toda. Não chegou a uma conclusão muito segura, embora soubesse que sua digital também estava lá, naquela ferida que jamais cicatrizava. Chorava baixinho no acolchoado de sua cama. Nem chorar podia direito, com aquele tubo atrapalhando!

 Sua mãe aparecia falando em perdão, e ela sentia culpa por não conseguir. Culpa... Era duro se desfazer de toda essa bagagem. Queria ter uma nova chance com Orlando. Sentia que o meio da jornada poderia ter sido completamente diverso. Haveria outra vida? Estava com a respiração pesada. Queria se livrar daquele tubo! Subitamente o coração parecia explodir. Sentia como se a cama inteira se movesse. Estaria indo para o céu? Teria ele o nome de céu, paraíso ou orum? Não importava. Era ela, a morte. Chegara a hora.

 Teve muito medo e se encolheu. Ouviu ainda mais vozes a sua volta. Seria a mãe, Antônia? Seria Orlando? Seriam os médicos? O coração explodia. O sangue afluía para o cérebro. Um gelo lhe percorreu a espinha e sentiu, de uma vez, todos os órgãos do corpo. Teve a consciência de cada um. Desistiu de lutar. Desistiu de não se entregar. Soltou o corpo. Mergulhou no nada... no completo nada.

 Um silêncio do mundo se fez em seus ouvidos. Mas ainda estava lá. Havia consciência, mas nunca em sua longa vida havia ouvido tanto silêncio. Uma tênue luz rompeu aquele imenso universo de "coisa nenhuma". Uma ardência nos pulmões a fez gritar e chorar.

Então era isso o que havia do outro lado! Sentiu mãos quentes amparando-a e a voz tão conhecida e amada. Cortaram-lhe o cordão. Seus olhos, embaçados de lágrimas, miravam a pele tão negra e aveludada da mãe Antônia. Queria perguntar a ela sobre o pai, Orlando, mas preferiu sugar-lhe o seio e ser o bebê tão aguardado. Sim, teria outra chance.

A vestida

Quando cheguei estavam todos lá, perfilados e aguardando o chamado. Eram seis homens conscientes das missões importantes que desempenharam ao longo de suas carreiras e do muito que ainda teriam por fazer adiante. Eram sempre convocados para defender as famílias, os lares nacionais. Entendiam serem eles os guardiões dos sonhos de felicidade de uma nação.

Uma luz fraca não nos deixava ver direito a aparência uns dos outros. O primeiro foi logo se apresentando e me contando sua história, como se fôssemos muito íntimos, amigos de infância. Disse-me que foi acarinhado pelas mãos de uma avó amorosa durante anos e que não entendia por que estava ali, naquele exército impessoal e frio. Não queria e não sentia que fosse esta a sua vocação. Ele falava com uma voz saudosa, como se enxergasse algum lugar muito distante no passado, mas foi interrompido bruscamente pelo segundo.

— Ora, ora, ora! Deixe de frescuras! O que importa o passado? Olhe para mim. Saí de uma das casas mais importantes do país, mas é o futuro que interessa. Estamos aqui para começar o futuro!

O terceiro soltou uma gargalhada e, sarcástico, debochou:

— Futuro... O futuro é voltar para o ponto de partida. Nunca sairemos desta roda até envelhecermos. Cumprir nossa missão, voltar para o ponto de partida, embarcar em nova tarefa... Qual o sentido de viver este ciclo de guerras? Não acredito em nada disso. Aliás, não sou eu quem não acredita. São eles, os pelos quais lutamos, que no fundo não creem.

Vivem pelas tradições e querem um cotidiano de paz, mas não ardem na chama real dos próprios desejos e jogam tudo por terra. Obrigando-nos a sempre recomeçar esta luta insana. Eu estava ali como estátua e sem saber o que dizer diante do debate acalorado que minha chegada provocou. O quarto soldado — mais velho que os demais — entendeu que devia intervir.

— Já estive em seis missões. Cada uma foi diferente da outra. Algumas realmente são frustrantes, mas em outras pude ver ao final muita alegria e esperança nos olhos das pessoas, mas teria valido a pena guerrear mesmo que fosse para sentir tanta emoção uma única vez.

Um silêncio se instalou depois do relato do mais velho.

— Estou ansioso para viver isto, velho, nem cheguei a embarcar da primeira vez que fui convocado. Abortaram a missão sem que eu nem tivesse o gosto de entrar em ação.

O sexto apenas se orgulhava de suas medalhas.

— Pois eu não me recordo de derrotas. Sei que todas as missões em que me engajei foram de absoluto sucesso. Desta forma, não conheço estes receios que a maioria de vocês relata. E você, novato, como veio parar aqui?

— Sim — disse o velho — o que espera desta luta?

Olhei para os outros seis vestidos pendurados naquele brechó. Eles se levavam tão a sério, tão cônscios de sua importância nos álbuns amarelados do futuro. Eu era o sétimo a ser pendurado naqueles cabides. O sétimo aguardando por alguma cerimônia pomposa, esperando cobrir de branco e seda alguma alma feminina esperançosa... ou não. Mais um traje para inaugurar uma família em formação.

Meus companheiros encaravam a tarefa como uma batalha na guerra da vida e miravam-se no espelho como uniformes. Soldados cheios de brocados, rendas delicadas, finos véus e cetins... Pois eu nem mesmo me via como homem. Por qual motivo usam um substantivo masculino para nos designar?

— Não sou farda ou fardo. Sou mulher. Podem me chamar de "a vestida".

Queria dizer a eles que meu peito já fora salpicado com o sangue que brota da brutalidade do sentimento de posse que alguns humanos nutrem por outro antes mesmo de ser despido na lua de mel; que minha barra já fora costurada com muitos nomes de moças ansiosas por um dia também entrarem em algum modelo como o meu; que já tive uma parte remendada depois que mãos raivosas de ciúme me atacaram na véspera do casamento. No entanto, sobretudo queria dizer-lhes que adorei minha última viagem, pois tinha sido a mais feliz de toda a minha existência.

— O que desejo? Quero mesmo é continuar sendo alugada como da última vez, para girar pelos bailes, arrastando confetes, brilhando purpurinas e enroscando serpentinas nos corpos de quem me desejar desfilar pelas passarelas de muitos e muitos carnavais.

Amnésia

Benício... ou seria Bruna? Jussara estava nesta tarefa de pensar no sexo da criança, e no tanto que ela e o marido, Pablo, estudaram e trabalharam para chegar até ali, quando a campainha tocou. Ela estava com tudo organizado. Ela e Pablo finalmente haviam terminado todos os preparativos para uma viagem sonhada há muitos anos. Estavam casados, bem empregados, conceituados em suas profissões e moravam em um dos melhores bairros da cidade. Ambos estavam na casa dos trinta e alguma coisa e esperavam o primeiro filho, que também era o primeiro sobrinho, neto, afilhado... A família cobrava, os amigos cobravam, os colegas de trabalho cobravam, eles mesmos se cobravam, pois então, chegara o momento de aumentar a família. Escreveu em sua rede social: "Sentindo-se maravilhosa". Pensou em pôr um ponto de interrogação ao final da frase, mas duvidou dos seus motivos para duvidar.

 A campainha soou outra vez. Devia ser a moça que entrevistaria para babá de Benício... ou seria Bruna? Absorta em seus pensamentos e sentimentos secretos e dúbios sobre a maternidade, mas na obrigação de "sentir-se maravilhosa", abriu a porta displicentemente, ainda com os olhos postos nas informações sobre lugares e lojas que visitaria na América do Norte. Apenas sentiu o ar lhe faltar quando levantou os olhos para a moça que estava de pé aguardando um convite para entrar.

 Sua boca enrijeceu, suas pernas e mãos amoleceram deixando cair o aparelho que segurava, as pupilas se arregalaram e o sangue parecia ter congelado dentro das veias, pois ali, parada diante dela, estava ela mesma... aos doze anos de idade. Não era alguém parecida. Não era uma miragem. Era ela mesma em pouca carne, muito osso, cabelo sem alisamento e despida de roupas de grife. A menina sorriu e entrou calmamente sem ser convidada, com a naturalidade de alguém da casa ou muito íntima, que dispensa formalidades.

Minutos antes de encontrar com a criança que era ela mesma, Jussara refletia que haviam planejado aquela viagem para comemorar — Benício... ou seria Bruna? — e ao mesmo tempo aproveitar os últimos momentos em que seriam apenas ela e o marido. Comentários em sua rede social: "Em breve você saberá o que é nunca mais ir ao banheiro sem alguém te esperando do lado de fora!". Risadas acompanhavam as reações ao comentário. Compelida a responder alguma coisa, disse: "A realidade mudará de forma radical, mas para melhor!". Outra vez veio aquela vontade de trocar exclamação por interrogação. Um medo avançava dentro da executiva tão competente.

Encostada no sofá da sala confortável, ela acariciava a barriga ainda inexistente e pensava que estava tudo perfeito, exceto por um detalhe: a babá. Trabalhavam muito, diziam. Não teriam tempo, falavam. Criança dá trabalho, revelavam.

Se fosse honesta com seus desejos, estaria rumando para uma praia no Caribe, mas em Miami, diziam as colegas, o enxoval sairia por menos da metade do preço e comprariam nas melhores lojas. Pegara as dicas mais quentes com outras executivas do trabalho.

— Pense que ele vai crescer. Compre logo muitas coisas de tamanhos maiores. As roupas americanas têm uma qualidade que nem se compara com as coisas daqui. Vão durar demais e vocês vão economizar — disse uma das amigas.

— Estados Unidos tem muito produto bom pra cabelo crespo. Já faz um estoque. Vai que... né? — ponderou outra.

"Haveria algum produto para crianças...", pensou. "Cabelos muito crespos eram de difícil trato, tomavam tempo e na escola seria um problema", ponderava. Jussara modificava a textura do cabelo desde os doze anos. Cresceu com várias justificativas para as químicas que derretiam seus fios. A mais recente era a que dizia que "o mundo corporativo exige outra imagem, você não é artista".

Jussara era tida como uma profissional agressiva e implacável no mundo dos negócios. Sua visão para cenários futuros era muito elogiada. "Para frente! O importante é daqui para frente!" era seu lema. Ela calculava, antecipava e media. Tudo ela parecia controlar. Planejaram bem, juntaram dinheiro e desembarcariam com as condições para voltar com a criança vestida pelos próximos quatro anos, além de usufruírem de excelente hospedagem e passeios. Com a cabeça recostada em suas almofadas cuidadosamente escolhidas por uma decoradora, estava em um dos seus raros momentos de reflexões acerca do passado. Reparou que por mais que tentasse preencher algumas lacunas na memória, não conseguia... Poderia alguém apagar desta forma períodos inteiros da própria vida? Sim, lembrava da infância dura, mas... faltava algo.

Ainda estava parada com a porta do apartamento aberta. A pequena Jussara sentou-se no sofá no mesmo lugar onde ela estivera deitada, na ponta do assento daquele jeito que parecia que a qualquer momento se levantaria para sair.

— Não vai fechar a porta... Nem a boca? — A garota riu o seu sorriso, gesticulou seus gestos e coçou a cabeça do mesmo jeito que até àquele momento coçava. Levantou o braço para acenar para ela e deixou à mostra a cicatriz ainda muito viva do corte que teve ao manusear uma faca de cozinha naquela idade. Olhou o próprio braço, a cicatriz estava lá, mas era uma fina linha gasta pelo tempo e quase sumida graças a uma plástica que fizera para apagá-la. Isto a deixou ainda mais apavorada.

— Vamos! Entre. Temos muito que falar e não temos o dia todo.

Jussara obedeceu automática, trêmula e sentou-se na poltrona em frente à menina sem conseguir articular palavra. Sentia que poderia desmaiar a qualquer momento.

— Por favor, vamos pular esta parte! Qual o seu espanto? Pense no seu privilégio. Pense em quantas pessoas gostariam de ter uma conversa dessas.

Depois de alguns minutos, Jussara parecia ter saído do transe. A menina tinha se levantado para olhar a janela.

— Uma piscina! Sempre quis uma casa com piscina! Nossa... Enriquecemos mesmo!

A piscina era do edifício e não se considerava rica, mas para a menina de doze anos que fora estavam num palácio.

— E aí? Agora podemos finalmente ir para a praia azul que vimos naquele filme na casa da patroa. Vamos, vamos, vamooos!

A palavra "patroa" destravou sua amnésia. Jussara criança abriu os braços como que para mostrar melhor a roupa surrada maior que o seu número; o cabelo sem os xampus e cremes caros que estavam em seu banheiro moderno; os sapatos com a sola descolando; as unhas "no sabugo"; e a pele manchada por alguma verminose. Lembranças soterradas em algum buraco fundo da mente queriam preencher as lacunas de décadas. O bebê da patroa, "dou um quarto, comida e uma folga por semana", o quarto abafado, o medo, o pânico, o pavor, "ela vai estudar", "vou cuidar de sua filha", "será praticamente da família", a comida não repartida igual, as proibições, "vamos alisar esse cabelo, tenha uma aparência decente!", "toma este jaleco branco novo"; o bebê crescendo, a menina crescendo, o seio crescendo, o patrão olhando, as aulas depois do expediente, as provas, a aprovação, a demissão pedida, "ingrata!", "preguiçosa", "gente assim não valoriza o que lhe dão", "agora qualquer um quer ser doutor e doutora".

Subitamente Jussara sentiu aquele gosto de lágrima na garganta. A criança se aproximou dela mesma, acariciou sua cabeça e a colocou no regaço. A infância embalando e confortando a adulta, brincando de esquecer.

— O filho é nosso.

A garota foi até um aparador da sala e parou em frente a um porta-retratos onde ela e Pablo se abraçavam.

Imediatamente lhe veio uma imagem que estava no fundo das reminiscências: o bebê doente. A patroa ministrando o remédio e saindo do quarto. A criança ficando roxa. Ela gritando. A patroa voltando. O tapa em seu rosto. O abraço do casal no hospital... Os dedos apontados para ela. Os olhares voltados para ela. Os ódios dirigidos a ela.

— Acalme-se, não foi nossa culpa.

As duas ficaram por um longo tempo de mãos dadas, acessando memórias uma da outra, como velhas amigas que apenas tivessem se conhecido de verdade naquela tarde. Jussara mirou a menina, que devolveu o olhar. Desta vez era ela quem indagava.

— Eu quis ser você? Desejei ser o que você é? Sonhei você, Jussara adulta? Sonhei você? Ajude-me a lembrar, por favor! Deixe-me lembrar daquela que eu quis. Deixe-me, deixe-me...

Uma voz gritava seu nome e não era mais a da menina. Era Pablo. Ela levantou do sofá num pulo. Já era noite. Ela olhou para ele esfregando os olhos. Foi até o banheiro. Olhou suas olheiras no espelho. "Que sono sentem as grávidas!", pensou. Olhou seus produtos de beleza na bancada da pia. Marcaria um corte para o dia seguinte. Voltou à sala e olhou o marido.

— Tudo bem? — perguntou ele.

— Pablo... Acho que não precisamos da babá...

— Não precisamos, querida.

Terminaram a noite refazendo os planos de viagem, afinal, o mar do Caribe seria uma linda vestimenta para Benício... ou seria Bruna?

Esta obra foi composta em Arno pro light 13 para a Editora Malê, e impressa na SpeedGraf em junho de 2025.